Les Livres du Dragon d'Or
Un département d'Édi8,
12, avenue d'Italie, 75013 Paris

Adaptation de Marie Alhinho d'après l'épisode *La Naissance des Météores – Partie 1*
de Sylvain Dos Santos de la série *Marblegen,* créée par Sylvain Dos Santos,
réalisée par Daniel Dubuis et Olivier Jongerlynck.
Création graphique de Bertrand Todesco, Charles Barrez et Renaud Bouet.
Maquette : Nicolas Galy pour NoOok
ISBN : 978-2-8212-1012-7
Dépôt légal : mars 2019 - Imprimé en U.E.
Loi n° 49-956 du 16 juillet 1949 sur les publications destinées à la jeunesse,
modifiée par la loi n° 2011-525 du 17 mai 2011.

MARBLEGEN

PREMIÈRE BATTLE

LES LIVRES DU DRAGON D'OR

Aïssa arrive pile à l'heure pour assister aux Marblegames. Aujourd'hui, elle a décidé de faire l'école buissonnière : ce n'est pas son genre d'habitude, mais elle ne voulait pas manquer ce tournoi de billes magiques ! Malheureusement, l'Arène d'Olympia est bondée et elle doit faire la queue.

Tout à coup, trois enfants font irruption dans le hall.

— Faites place ! ordonnent-ils en imitant les officiels de la Fédération.

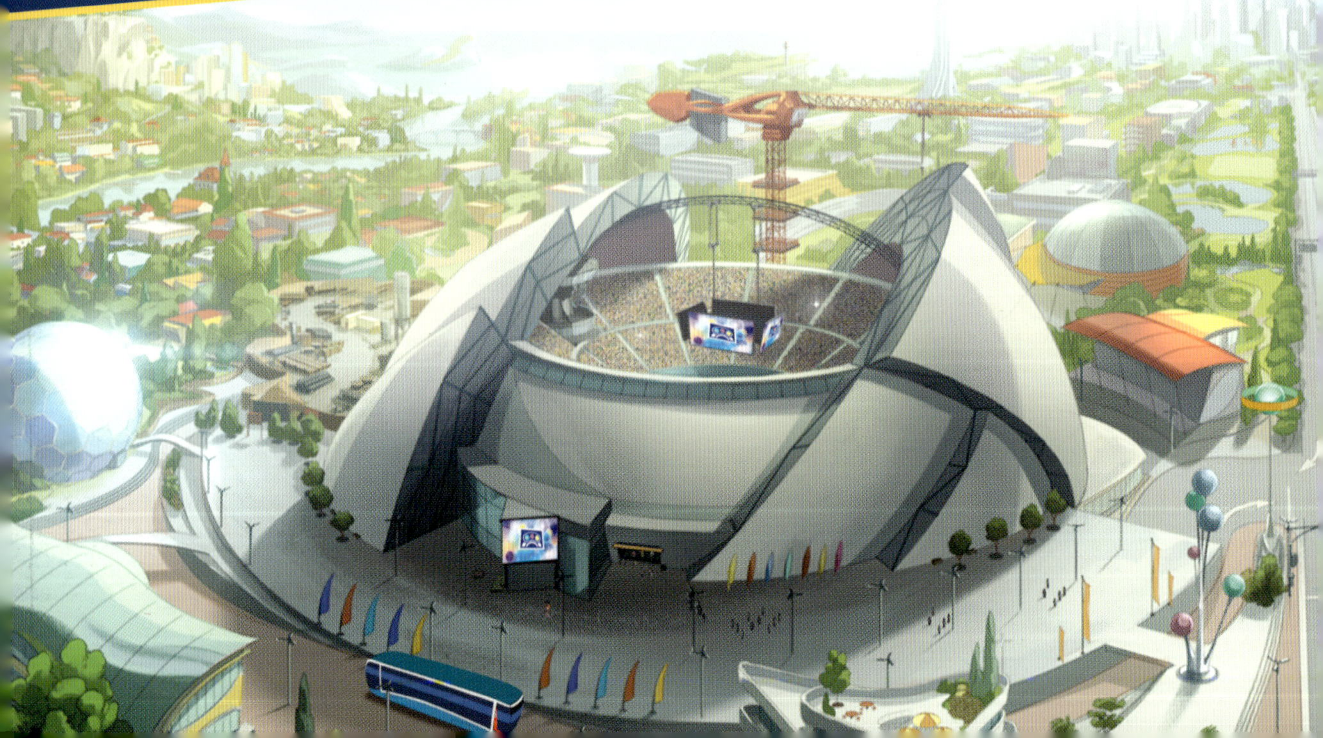

Le plus véhément est un garçon blond à l'air assuré. Il est suivi d'une jeune fille athlétique et d'un petit garçon à l'énergie débordante.

S'ils croient qu'Aïssa va les laisser doubler, ils se trompent. Elle analyse leur apparence en un coup d'œil et sourit en voyant leurs brassards de pacotille : leurs déguisements ne dupent personne !

Vexés d'avoir été démasqués, les trois enfants tentent de la convaincre de les laisser passer, mais ils doivent s'enfuir car les agents de sécurité ont deviné qu'ils voulaient entrer en douce. Ils n'auront pas de place dans les gradins à cause de cette « Madame Je-Sais-Tout » mais, heureusement, Luna sait d'où ils pourront avoir une bonne vue sur l'arène. La jeune fille aux cheveux prune entraîne derrière elle ses amis Cosmo, le garçon blond, et Sam, le plus jeune de la bande.

En chemin, ils remarquent un homme qui fend la foule avec arrogance, flanqué de deux jeunes gens.

— Vous avez vu ça ? s'exclame Cosmo.

Il vient de repérer son pire ennemi dans le convoi, un adolescent aux cheveux noirs et au sourire mauvais : Bishop ! Et l'adulte qu'il accompagne n'est autre que l'ancien alchimiste Marcellus King, connu de tous les fans des Marblegames. C'est lui qui a fait rénover l'arène !

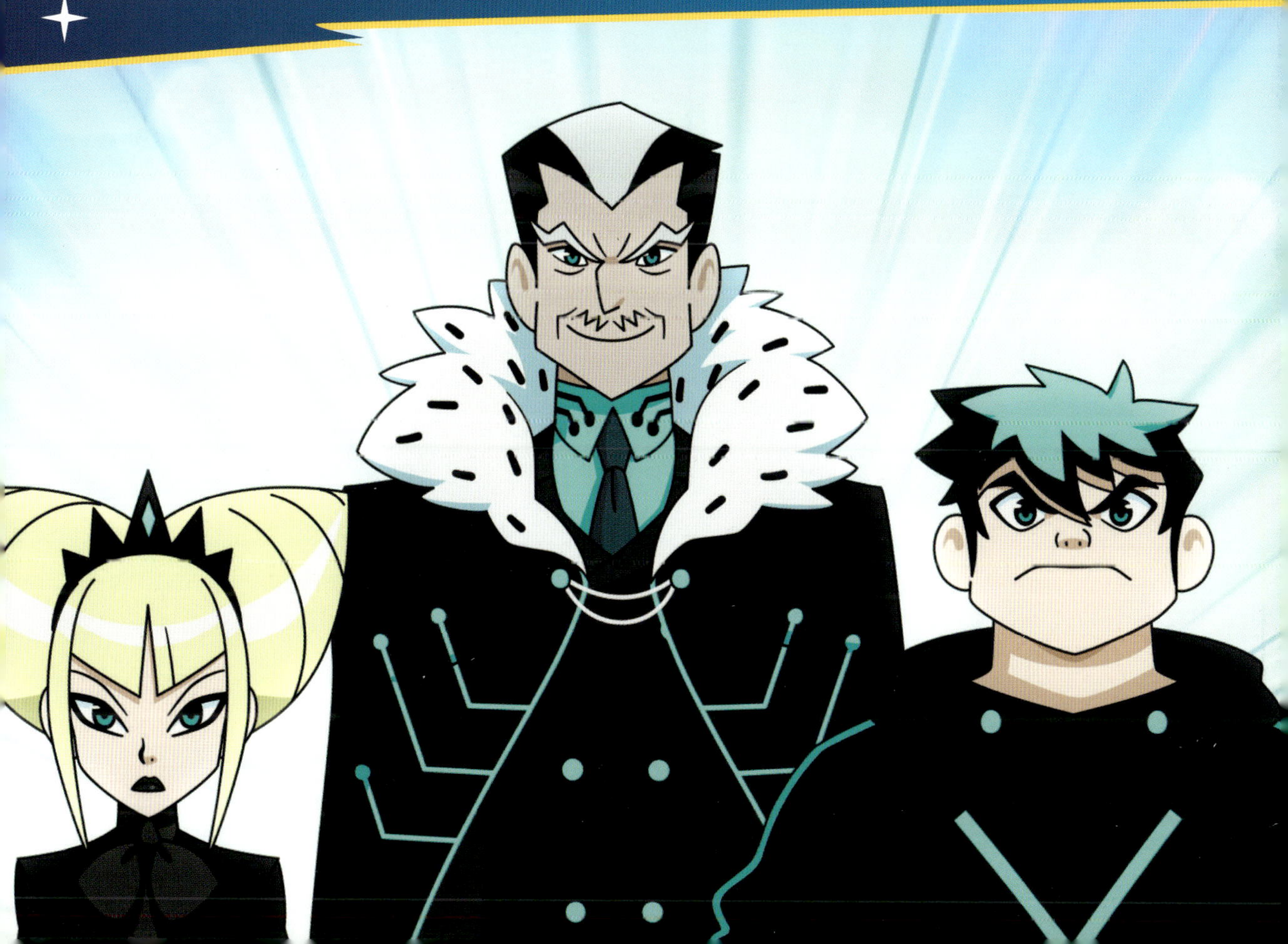

Le convoi disparaît, tandis que Luna, Cosmo et Sam courent se jucher sur un échafaudage pour ne pas manquer le début du match. Quant à Aïssa, elle profite de l'ambiance électrique depuis les gradins. Dans les haut-parleurs, le présentateur, Harry Cup, annonce la compétition avec énergie :

— Bienvenue à la centième édition des Marblegames !

Il dévoile alors le prix à la clé du tournoi…

Il s'agit de Mercure, la Marble Origine contenant le pouvoir élémentaire du vent ! Cette bille mythique a été perdue il y a longtemps par la famille Costello, mais elle est enfin de retour à Olympia ! Elle servira de récompense aux vainqueurs de cette année.

Cosmo et Sam n'en reviennent pas :

— Mercure est aussi puissante qu'un million de marblegens !

Le public est en délire mais Luna, elle, ne dit rien.

Harry Cup appelle ensuite les équipes qui s'affrontent aujourd'hui : celle des Touaregs et celle des Olympiens. Les deux snipers des camps rivaux prennent position pour opposer leurs marblegens.

– Battle Puits ! s'écrie le présentateur.

Pour ce type de Battle, l'objectif est de loger le plus de billes possible dans le trou central de l'arène, mais les joueurs n'ont droit qu'à trois billes et seulement trois essais pour chacune.

— Faites rouler les billes ! s'enthousiasme Harry Cup.

C'est parti : Giove, le champion des Olympiens, lance sa bille nacrée avec assurance. Elle roule, roule, roule... et atterrit au bord du puits ! Quelle maîtrise !

— Les Touaregs vont devoir faire attention ! commente le présentateur.

En effet, la marblegen de Giove peut basculer au moindre contact et le point serait alors remporté par les Olympiens !

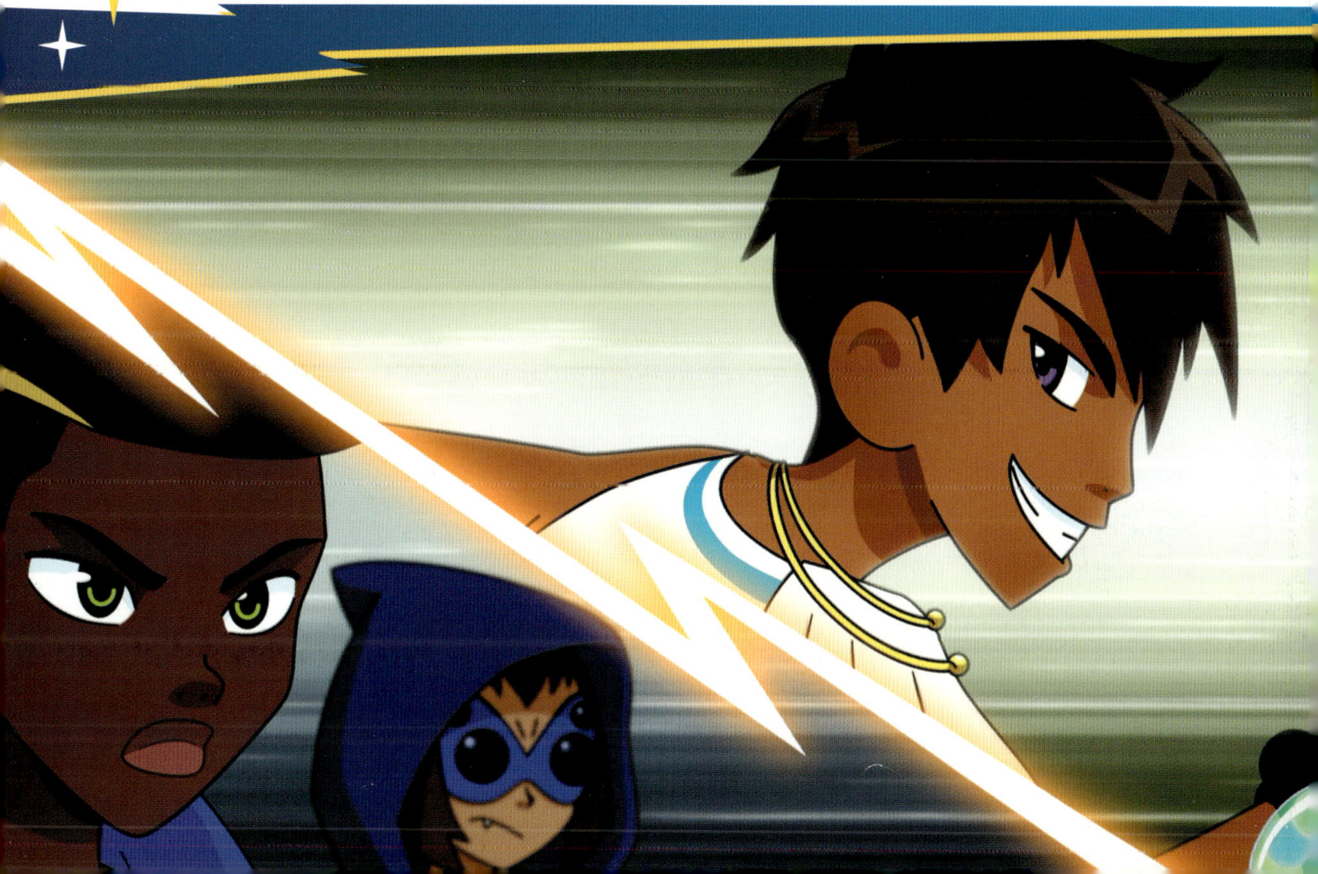

Isham, sniper des Touaregs, ne se laisse pas impressionner si facilement : il dégaine Naja, une bille à l'éclat noir menaçant. C'est une marblegen créature Serpent au cœur de Jais !

— Son coup spécial Tempête de Sable est redoutable ! rappelle Harry Cup.

Isham vise avec précision et, à peine lancée, sa bille fuse vers celle de Giove !

Le public retient son souffle.

Sam s'inquiète : lui qui est fan des Touaregs, il ne veut pas qu'Isham perde le coup en faisant tomber la bille de Giove dans le puits ! Mais Luna le rassure grâce à sa grande connaissance des marblegens :

– Naja n'est pas n'importe quelle bille !

Elle a raison : la marblegen Serpent tournoie à une vitesse incroyable et déclenche son attaque Tempête de Sable, qui réduit en poussière la bille de Giove.

Les Olympiens ripostent aussitôt : Juno, la deuxième joueuse de l'équipe, s'empare de Médusa, une marblegen créature Mythique !

– Gare à son coup spécial : l'Œil de Méduse ! prévient Harry Cup.

Juno lance sa bille à la puissance maximale, mais Isham déploie le mode défense de Naja.

– BATTLE ROYALE ! hurlent les deux snipers en chœur.

Les esprits qui habitent les marblegens vont s'affronter directement !

Les deux Créatures se font face sous les ovations de la foule. Tout le monde pense que Juno a commis une terrible erreur en défiant ainsi Naja, une bille surpuissante, mais Aïssa sait bien que non. Elle a raison : au moment même où le serpent d'Isham s'enroule autour de Médusa, Juno lance le coup Œil de Méduse. Naja est aussitôt transformée en pierre et éclate en mille morceaux !

Les Olympiens sortent vainqueurs de cette partie !

Aïssa s'empresse de s'en aller afin que ses parents ne découvrent pas qu'elle a séché l'école. En cours de route, cependant, elle découvre un skate-park reconverti en arène. C'est l'endroit idéal pour exercer ses compétences de sniper !

Mais tout le monde n'apprécie pas qu'une nouvelle s'impose dans le square…

Aïssa est en train de gagner une partie quand, soudain, une ombre menaçante se profile dans l'aire de jeu.

— T'es qui, toi, pour jouer dans mon square ? grogne un garçon.

C'est Bishop, l'ennemi juré de Cosmo, et il n'a pas l'intention de partager le skate-park avec Aïssa ! La jeune fille tente de négocier, mais Bishop devient de plus en plus agressif : il compte la racketter et voler ses billes !

Heureusement, Cosmo, Luna et Sam arrivent au même moment : ils ont assisté à toute la scène et, même si Aïssa est une insupportable madame Je-Sais-Tout, ils décident de lui venir en aide.

Cosmo s'interpose et défie Bishop en duel de billes, mais Aïssa n'est pas de cet avis :

– Mes billes, ma Battle ! rétorque-t-elle.

Elle n'a pas besoin de Cosmo : elle veut affronter Bishop elle-même !

Puisqu'ils veulent se battre, ils n'ont qu'à organiser une Battle comme aux Marblegames : certes, ils n'ont pas de billes magiques, mais ils peuvent suivre les règles du tournoi ! Cosmo et Aïssa s'allient contre la brute du square, tandis que Bishop fait équipe avec Kali, une jeune fille aux cheveux blond platine et au regard rusé.

— Battle Puits ! s'écrie un enfant du parc en imitant Harry Cup.

Un groupe se forme pour assister à l'affrontement des quatre snipers en herbe.

D'un coup maîtrisé, Bishop ouvre le jeu en lançant une bille directement au bord du puits ! Il est vraiment fort, mais Aïssa a plus d'un tour dans son sac. Elle prend le temps de choisir la bille la plus adéquate malgré l'empressement de Cosmo.

— C'est à notre tour de jouer, là ! lui reproche-t-il.

Cosmo ne comprend pas qu'Aïssa réfléchisse autant au lieu d'agir. Elle analyse le terrain, choisit soigneusement sa bille... mais Cosmo s'impatiente et joue à sa place !

– Palet Cosmique ! annonce-t-il en se pavanant.

Sa bille fonce à toute allure et déloge celle de Bishop. Une pluie d'applaudissements salue son coup, mais Luna voit bien qu'il se déconcentre à force de crâner.

Cosmo croit donner une bonne leçon à Aïssa : pas besoin de penser à tous les détails, c'est le tir qui compte et rien d'autre ! Pourtant, quand Kali **tire une étrange bille argentée**, Aïssa sait qu'être un bon sniper ne va pas suffire : elle prépare un mauvais coup, c'est sûr !

— Tu dis ça parce que t'es pas capable de la dégommer, rétorque Cosmo avec suffisance.

Aïssa, agacée, veut le détromper.

Par de savants calculs, elle déduit qu'une bille plus lourde permettra d'écarter celle de Kali, qui s'est dangereusement approchée du puits.

– C'est mathématique ! conclut-elle d'un ton satisfait.

Malheureusement, sa frappe est un échec total : sa bille rebondit contre un caillou et n'effleure même pas celle de Kali !

– Et ouais, se moque Cosmo, il y a une différence entre la théorie et le terrain !

Quand Bishop marque le premier point, la tension est à son comble. Kali et lui sont en train de gagner ! Luna voit bien que les disputes de Cosmo et Aïssa les empêchent de jouer correctement. Elle demande un temps mort et s'approche pour un conciliabule :

— Si vous jouez en équipe, vous pouvez les écraser, insiste-t-elle après les avoir sermonnés.

Les différences des snipers doivent devenir leur force ! Pour les coups suivants, l'esprit stratège d'Aïssa s'allie à la précision de Cosmo et ils remportent la victoire !

– Aïssa et Cosmo forment l'équipe parfaite ! s'enthousiasme Luna. Ils sont assez bons pour participer aux Marblegames !

Elle soumet cette idée aux deux snipers. Bishop et Kali vont concourir, aidés par le père de Kali, l'alchimiste raté Marcellus King. Or, il faut à tout prix les empêcher de rafler Mercure ! Cosmo et Aïssa doivent prendre part au tournoi et remporter la Marble Origine !

– Pour participer, il nous faudrait un alchimiste ! souligne Aïssa.

Mais Luna est bien décidée à empêcher Marcellus King de remporter Mercure. Il a créé une nouvelle forme de billes, les MarbleTechs, dont la force est tirée de la technologie et non de l'alchimie. C'est une trahison ! Alors, pour l'arrêter, Luna décide de révéler le secret de sa famille et emmène ses amis chez elle. À l'insu de son père, elle les entraîne dans une pièce mystérieuse, cachée depuis des années.

— Un atelier d'alchimiste ! s'exclame Aïssa, subjuguée par l'endroit.

Entre des cuves de métal scintillant trône un écrin étrange, contenant…

— Des marblegens !

Les enfants n'en croient pas leurs yeux : dans le coffret, ils découvrent de véritables billes magiques ! Ils les admirent, stupéfaits, quand soudain :

— Qu'est-ce que vous faites là ? tonne le père de Luna.

Ils n'ont pas le droit d'être là. Comment vont-ils s'en sortir ?